VENTE

DES VENDREDI 15 & SAMEDI 16 MARS 1895

HOTEL DROUOT, SALLE N° 6

A DEUX HEURES 1/4

BEAUX TABLEAUX

Anciens et Modernes

MOBILIER ARTISTIQUE

En partie ayant été fourni par KRIÉGER

MEUBLES ANCIENS

TAPISSERIES D'AUBUSSON & DES FLANDRES

ARGENTERIE, BIJOUX

Me PAUL CITERNE	**M. A. BLOCHE**
COMMISSAIRE-PRISEUR	EXPERT
14, Boulevard Sébastopol, 14	28, Rue de Châteaudun, 28

EXPOSITION PUBLIQUE

Le Jeudi 14 Mars 1895, de 2 h. à 6 h.

IMPRIMERIE ARTISTIQUE

E. MÉNARD & Cie

Bureaux et Ateliers: PARIS — 8, RUE MILTON

CATALOGUE

DES

TABLEAUX

ANCIENS & MODERNES

PASTELS & AQUARELLES

De BERCHEM, BERNE-BELLECOUR, BUTIN, PIERRE CARRIER-BELLEUSE, DIAZ, FRAGONARD, GAMBÉRINI, GARRIDO, GILBERT, GLAIZE, HAMMAN, HOWLAND, LAGRENÉE, LA LYRE, LARGILLIÈRE, MUNKACSY, RIBOT, ROUSSEAU, SWEBACH, STEVENS. WASHINGTON, A. WEISZ

MOBILIER ARTISTIQUE

En partie ayant été fourni par KRIÉGER

MEUBLES ANCIENS

Salon en tapisserie de l'époque Louis XVI

Bronzes d'Art et d'Ameublement Louis XV et Louis XVI

Sculptures de MADRASSI

Deux remarquables bustes en bronze de CARRIÈS

TAPISSERIES d'AUBUSSON & des FLANDRES

Argenterie, Bijoux, Miniatures

DONT LA VENTE AURA LIEU

HOTEL DROUOT, SALLE N° 6

Les Vendredi 15 et Samedi 16 Mars 1895, à 2 h. 1/4

Me Paul CITERNE	**M. A. BLOCHE**
COMMISSAIRE-PRISEUR	EXPERT PRÈS LA COUR D'APPEL
14, Boulevard Sébastopol, 14	28, Rue de Châteaudun, 28

Chez lesquels se distribue le présent catalogue

EXPOSITION PUBLIQUE

Le Jeudi 14 Mars 1895, de 2 h. à 6 h.

CONDITIONS DE LA VENTE

La vente sera faite *expressément* au comptant.

Les acquéreurs payeront en sus des adjudications *cinq pour cent.*

L'exposition mettant le public à même de se rendre compte de l'état des objets, il ne sera admis aucune réclamation une fois l'adjudication prononcée.

Paris. — Imp. E. Ménard & Cie, 8, rue Milton.

TABLEAUX

ARCOS

1 — *Petit marquis en costume Louis XV.*

BARRY (F.)

2 — *Paysage: Clair de lune avec une voiture sur une route éclairée par une lanterne.*

Joli effet de nuit.

Pastel.

BARRY (F.)

3 — *Une vague.*

Pastel.

BARRY (F.)

4 — *Vue de Marseille.*

Pastel.

BAUDRY (PAUL)

5 — *Une ronde de petits amours au clair de lune.*

Esquisse.

BERCHEM (attribué à)

6 — *Jeune berger et jeune bergère gardant des troupeaux de vaches et de moutons. dans un paysage accidenté.*

BERNE-BELLECOUR (E.)

7 — *Artilleur l'arme au pied.*

Près d'un caisson renversé, un artilleur enveloppé dans son manteau et appuyé sur sa carabine monte la garde.

BERNE-BELLECOUR (E.)

8 — *Cavalier en manteau gris fumant une cigarette.*

Dans le fond son cheval attaché à un arbre.

BERNE-BELLECOUR

9 — *Officier de cuirassier lisant le journal.*

Belle aquarelle.

Signée.

BERNE-BELLECOUR

10 — *Femme du premier Empire tenant des fleurs à la main et se promenant au bord d'un ruisseau sous bois.*

Signé à gauche.

BONINGTON

11 — *Village maritime.*

BONINGTON

12 — *Personnages royaux dans une galerie, scène de famille (Marie-Stuart présentant une jeune fille à un souverain.*

Esquisse.

BREUGHEL D'ENFER

13 — *Scènes diaboliques.*

BUTIN (ULYSSE)

14 — *Environs de Villerville.*

Signé.

CARRIER-BELLEUSE (PIERRE)

15 — *Avant l'entrée en scène.*

Danseuses de l'Opéra s'exerçant à la barre.

Beau pastel. Signé.

CARRIER-BELLEUSE (Pierre)

16 — *Frileuse.*

Beau pastel.

Signé.

CARRIER-BELLEUSE

17 — *Fin de leçon.*

CICERI

18 — *Vue de petite ville en Normandie avec personnages au premier plan.*

DELACROIX (Eug.)

19 — *Les Pestiférés.*

Étude.

Signée à droite.

DENEU (Gustave)

20 — *Femme nue couchée.*

Signé.

DIAZ (N.)

21 — *Paysanne au bord d'une mare.*

Signé.

DROUAIS (attribué à)

22 — *Portrait de Mozart.*

DUFEU (E.)

23 — *Vue d'une ville d'Orient au bord de la mer.*

Signé à droite.

24 — *Le Pont des Tuileries.*

Signé à gauche.

DUPRÉ (Jules)

25 — *Paysage avec chaumière (vue des Petites Dalles près Etretat.)*

DURAND (d'après)

26 — *Portrait de madone.*

Cadre bois sculpté.

ENAULT (Alix)

27 — *Laïs.*

27 bis — *Diane.*

Deux jolis tableaux se faisant pendants.

Signés.

FORTUNY

28 — *Marine.*

Esquisse.

FRAGONARD (A.)

29 — *Après la victoire.*

Compositions de nombreuses figures.

Cadre en bois sculpté et doré du temps de l'Empire.

GAMBÉRINI

30 — *Au Luxembourg.*

Signé.

GARRIDO

31 — *Coquetterie.*

32 — *Mélancolie.*

Signés.

GERICAULT

33 — *Cheval de trait avec un roulier.*

GILBERT

34 — *Intérieur d'atelier.*

Grand et beau tableau.

Signé.

GLAIZE (Léon)

35 — *La Ronde des amours.*

Salon de 1894.

Signé à gauche.

GOYA

36 — *Le Torero.*

GUARDI

37 — *Grand paysage animé d'un cours d'eau et de bateaux.*

HAMMAN

38 — *Les vaches à Guinéville (Manche).*

Grand tableau.

Signé à droite.

HAYON (L.)

39 — *Belle fille des champs.*

Signé.

HOWLAND

40 — *La femme au gant.*

Superbe aquarelle.

HUBERT-ROBERT

41 — *Vue de Rome.*

JORDAENS

42 — *Femme vannant du grain.*

LAGRENÉE

43 — *Scène allégorique à la vie de la belle déesse Vénus.*

Gracieuse composition.

LA LYRE (Ad.)

44 — *L'Hiver.*

Une jeune femme vêtue de rouge et enveloppée de fourrures semble toute heureuse de se promener après la chute de la neige que l'on voit encore sur les toitures et aux corniches des habitations.

LA LYRE (Ad.)

45 — *L'oiseau favori.*

Etendue sur les rochers, une baigneuse reçoit sur son poing l'alcyon aux ailes fines.

LA LYRE (Ad.)

46 — *La Sirène.*

Debout dans les vagues, une fille de la mer s'amuse à faire crier un dauphin.

LA LYRE (Ad.)

47 — *La Dompteuse.*

Une sirène vue de dos est portée par un dauphin qu'elle cherche à diriger dans sa course.

LAPOSTOLET

48 — *Petite marine.*

LARGILLIÈRE ou TRINQUESSE

49 — ***Très beau portrait de dame en costume de cour.***

Cadre en bois sculpté et doré.

MALDES LÉAL (attribué à)

50 — *St-Antoine de Padoue entouré d'anges.*

MARILHAT

51 — *Portrait d'Arabe.*

MASSON (P.)

52 — *Amour à la couronne.*

53 — *Sujet oriental.*

MICHEL

54 — *La Mare.*

Petit tableau.

Cadre en bois sculpté et doré.

MILLET (attribué à)

55 — *Portrait de femme (La Tragédienne Ristori).*

MONTPEZAT (de)

56 — *Cheval et Groom dans un paysage.*

MUNKACSY

57 — *Rêverie au bord d'un lac.*

Aquarelle.

Signée du monogramme.

PANINI

58 — *Paysage avec personnages.*

RIBOT (T.)

59 — *Nature morte.*

RIGAUD (attribué à Hyacinthe)

60 — *Portrait du roi Louis XIV.*

Représenté presque de face, en armure.

Toile ovale.

ROSSI (d'après)

61 — *L'Orage.*

62 — *L'Indiscret.*

Deux photogravures en couleur, procédés Goupil.

ROUSSEAU (Théodore)

63 — *Paysage montagneux.*

Vestige de signature à gauche.

RUBENS (École de)

64 — *Vierge à l'Enfant.*

SALVATOR ROSA

65 — *Marine.*

STÉVENS

66 — *Vapeurs aux approches d'un port.*

SWEBACH

67 — *Le Convoi militaire en route.*

Composition de nombreux personnages, cavaliers, chariots, fantassins à travers un paysage accidenté et des plus souriants.
Signé en bas.

VALENTIN

68-70 — *Vues de village.*

Trois aquarelles.

VAN LOO

71 — *L'Amour menaçant.*

WASHINGTON (G.)

72 — *Cavalier arabe tenant un autre cheval à la main.*

WEISZ (ADOLPHE)

73 — *L'Innocence.*

Très joli tableau.

Signé à gauche.

WEISZ (Adolphe)

74 — *Le Gardien fidèle.*

Charmant tableau.

Signé à gauche.

ÉCOLE ANCIENNE

75 — *Loth et ses filles.*

Panneau déćoratif.

ÉCOLE FRANÇAISE

(éopque louis xiv)

76 — *Gentilhomme et grande dame guidés par l'amour, encadrés de motifs fleuris.*

Gouache.

Cadre bois sculpté et doré ancien.

ÉCOLE FRANÇAISE

77 — *L'Amour endormi.*

ÉCOLE FRANÇAISE

78 — *Portrait de Mme Elisabeth, sœur du roi Louis XVI.*

Pastel.

Cadre ancien en bois sculpté.

ÉCOLE FRANÇAISE

(XVIIIe SIÈCLE)

79 — *Portrait de jeune femme.*

Pastel.

ÉCOLE MODERNE

80 — *Diverses toiles decoratives.*

ÉCOLE ITALIENNE

81 — *Vierge à l'enfant.*

82 — Gravure avant la lettre : reproduction d'un tableau d'Eug. Delacroix,

TAPISSERIES

83 — Très belle tapisserie d'Aubusson du XVIIIe siècle exécutée d'après OUDRY, représentant un parc avec monument émaillé de plantes et de fleurs multicolores, animé de volatiles, de perroquets. Bordure à thyrse enguirlandée de fleurs.

L. 3^{m}50. H. 2^{m}70.

84 — Belle et ancienne tapisserie : paysage boisé avec rivière animée de canards et autres volatiles, vue de château à l'horizon et montagnes en perspective. Bordure à fleurs, oiseaux et ornements.

L. 4^{m}25. H. 2^{m}75.

MOBILIER, OBJETS D'ART

85 — Très beau meuble à deux corps, en noyer sculpté et ciré, style XVIe siècle. *Travail de* KRIÉGER. Le bas s'ouvre à trois battants, celui du milieu divisé en quatre cartouches avec têtes de personnages, ceux de côtés, dessin au voile fleuronné. Le haut avec niche de chaque côté, à hauteur d'appui s'ouvrant à trois portes en glace. Montants et entre deux à colonnes surmontées de chapiteaux.

86 — Grand et beau bureau en noyer sculpté, le haut à trois tiroirs, le bas s'ouvrant à une porte, d'un côté renfermant un casier, et de l'autre disposé en tiroirs à l'anglaise, style Renaissance.

87 — Bel ameublement de salle à manger, style Flamand Renaissance, en noyer sculpté et ciré, marqueterie de bois sur fond de citron-

nie, composé : 1° d'un meuble formant crédence sur les côtés, corps central à porte architecturale s'ouvrant d'une pièce, le bas plein, le haut avec glace et montant à arcade en noyer, dessus, orné de poignées, traverses et serrures en cuivre, avec plaques en faïence de Delft, en haut et en bas peintures camaïeu bleu, vues de Hollande, 2° une desserte de forme originale avec marqueterie et plaque de Delft, 3° une table carrée à coins arrondis, et 4° six chaises à dossiers carrés en noyer seulpté et marquete rie, couvertes en cuir fauve doré au petit fer. *Travail de* KRIÉGER.

88 — Joli bureau-ministre en palissandre sculpté et ciré de style gothique, avec tablettes de rallonges. *Travail de* KRIÉGER.

89 — Jolie statuette en marbre : *Phryné, de* L. MADRASSI.

90 — Groupe en terre cuite : *La danse après la moisson*, de L. MADRASSI.

91 — Groupe en terre cuite : *Hésitation*, de L. MADRASSI.

92-93 — Deux remarquables bustes en bronze, personnages rappelant ceux du XVIe siècle, fonte à cire perdue, œuvre de CARRIÈS.

94 — Bureau, bonheur du jour en citonnier et amaranthe garni de filets et moulures de cuivre, ouvrant à deux portes avec glaces biseautées, époque Louis XVI.

95 — Guéridon avec tablette d'entre-jambe, en marbre bleu turquoise et acajou incrusté de filets de cuivre, époque Ier Empire.

96 — Petite console en bois sculpté et doré, bandeau à jour, orné de guirlandes de laurier détachées. Dessus de marbre, époque Louis XVI.

97 — Table à jeu en acajou, garnie de cuivre, Ier Empire.

98 — Deux rideaux en faille blanche brochée à festons et guirlandes mordorées, Louis XV.

99 — Jolie pendule, en bronze finement ciselé, partie doré, partie patine verte, formée par une figurine de petit négrillon portant le

le mouvement, sur socle, ornée de guirlandes et de chutes de fleurs reliées à des têtes de satyres. Cadran signé Deverie, rue Barbette, n° 483, à Paris, époque fin Louis XVI.

100 — Grand et beau lustre en bronze, orné de cristaux à trente-quatre lumières.

101 — Coupe de milleu de table en porcelaine de Saxe, décor à fleurs.

102 — Très beau secrétaire de l'époque de Louis XV, en marqueterie de bois de bout à fleurs, enrichi de moulures et écoinçons en bronze ciselé et doré.

103 — Paire de très joli candélabres de l'époque de Louis XVI : vase ovoïde a têtes et guirlandes d'où s'échappe un bouquet à quatre branches, reposant sur un socle patiné et doré.

104 — Paire d'appliques Louis XIV, cariatides supportant deux lumières en bronze ciselé et doré.

105 — Très jolie pendule de l'époque de Louis XVI à cadrans tournant : Le mouvement supporté par quatre rinceaux en bronze ciselé et doré au mât, repose sur un socle en statuaire.

106 — Beau meuble de salon en ancienne tapisserie, à petits personnages composé de six fauteuils et un canapé, époque Louis XVI.

Bois sculpté et doré.

107 — Paire de petits candélabres de la fin de Louis XVI : *Femmes accroupies supportant des lumières en bronze doré.*

108 — Clavecin en bois tout décoré à l'extérieur de cartels à branchages fleuris sur fond clair, contrefond vert d'eau, à l'extérieur, des sujets mythologiques du XVIIIe siècle.

109 — Deux chaises à hauts dossiers en chêne sculpté Louis XIII, avec couronnes, dessus en velours rouge, dossier canné. (Collection Renesse Brisdbach.)

110 — Table à jeu en acajou et filets de citronnier. Louis XVI.

111 — Fauteuil de châtelaine, en bois de noyer sculpté à grands ornements, couverts en tapisserie au point, à animaux chimériques et ramages, XVIIe siècle.

112 — Deux fauteuils couverts en tapisserie du temps de Louis XVI, avec médaillons à petits personnages et animaux, fond crême à guirlandes de fleurs, bois de l'époque. (Collection Renesse Brisdbach.)

113 — Chaise à dossier contourné, dessus en tapisserie au point à fleurs et animaux. Louis XV. (Collection Renesse Brisdbach.)

114 — Table à tric-trac acajou avec damier, dames, jeu d'échecs et godets en cuir, époque Louis XVI.

115 — Commode en marqueterie de bois de noyer, dessus à rosaces, avec poignées et entrées de serrures en bronze doré à rocailles, côtés cannelés de cuivre. XVIIIe siècle.

116 — Table à coiffer en acajou avec cannelures et moulures en cuivre, intérieur à trois compartiments avec glace, devant à tiroirs, époque Louis XVI.

117 — Miroir d'entre-deux biseauté, avec cadre à fronton sculpté de rocailles, époque Louis XV.

118 — Petit guéridon, pieds tors, dessus en marqueterie, médaillon à figures, XVIIIe siècle.

119 — Fauteuil du temps de Louis XV, bois sculpté à rocailles, couvert en cuir.

120 — Fauteuil Louis XV, bois doré, couvert en dauphine fond crême, broché vert à fleurs et festons,

121 — Siège de commodité, forme fauteuil en marqueterie de bois hollandaise.

122 — Servante en acajou à étagère, Ier Empire.

123 — Table de toilette en marqueterie de bois de violette à deux rangées de tiroirs, avec tablette pour écrire, époque Louis XV.

124 — Paires d'appliques à rocailles en bois sculpté et doré, avec quatre branches de lumières en cuivre poli.

125 — Colonne support en bois sculpté. à draperies.

126 — Beau cadre en bois sculpté à chute de feuilles et amours, époque Louis XIV.

127 — Siège Prie-Dieu en chêne sculpté, couvert en tapisserie au point.

128 — Console en bois sculpté et doré Louis XV, à rocailles et cariatides d'aigles.

129 — Cage à oiseaux en cuivre, surmontée d'une couronne.

130 — Bois de fauteuil Louis XVI.

131 — Console bois sculpté, supportée par une sirène.

132 — Profil de bateau en bois sculpté, monté sur panneau.

133 — Deux chutes de fleurs en bois sculpté Louis XIII.

134 — Deux plats en ancienne faïence allemande, décor à sujets religieux, XVIIe siècle.

135 — Tapis d'Aubusson à fleurs.

136 — Deux jolis candélabres à trois lumières, en ancien céladon bleu truité de Chine forme chevaux, sur lesquels sont assis de petits personnages, monture en bronze ciselé et doré à rocailles, style Louis XV.

137 — Deux flambeaux en bronze supportés par trois lions, de BAGUÈS.

138 — Petit poignard avec fourreau et poignée en bronze,

139 — Gaîne-support en bois noir, orné de bronzes dorés. Copie de celui du British Muséum.

140 -- Colonne en bois noir garni de bronzes.

141 — Chiffonnier-secrétrire en bois noir, orné d'incrustations et de bronzes.

142 — Bureau-cylindre Louis XVI en acajou et cuivre.

143 — Table forme rognon genre vernis Martin.

144 — Guéridon analogue.

145 — Étagère en noyer sculpté, style gothique.

146 — Coffret à bijoux, orné de panneaux à glaces, ornés de peintures.

147 — Garniture de cheminée en bronze doré, style rocaille, composée d'une pendule et deux candélabres.

148 — Pendule en bronze doré ornée de figurines en porcelaine de Saxe, style Louis XV.

149 — Deux girandoles en bronze doré à trois lumières, style Louis XV.

150 — Paire de chenêts en bronze, style Louis XVI.

151 — Statuette en bronze, représentant l'*Automne*.

152 — Groupe en bronze de MATHURIN MOREAU.

153 — Paire de bras d'applique en bronze doré, style Louis XV.

154 — Buste en bronze : *Enfant guerrier*.

155 — Deux flambeaux en bronze, style Ier Empire.

156 — Écuelle avec couvercle et plateau en porcelaine de Sèvres à fleurs et rehauts d'or au chiffre de Napoléon III.

157 — Pendule en bronze ciselé et doré surmontée d'un buste de sphynx ailée, et ornée de couronnes et cornes d'abondance, époque Ier Empire.

158 — Statuette en bronze ciselé et doré, représentant *David jouant de la lyre*, époque Ier Empire. Socle en peluche

159 — Deux hauts-reliefs en cire, signés FRANCHETTI.

160 — Bouteille en faïence bleue émaillée, décor dans le goût oriental. Travail de DECK.

161 — Bassin en porcelaine à la Reine, décor à bouquets de fleurs.

162 — Service à thé pour cinq personnes en porcelaine de Kaga, décor paysages avec plateau en laque.

163 — Deux vases en bronze du Japon, à fleurs et oiseaux.

164 — Deux socles rectangulaires et hauts, en bois de fer de Chine incrusté de nacre, dessus en marbre rouge.

165 — Beau meuble en bois sculpté du Japon, orné de portes et de panneaux en porcelaine, décor à personnages et paysages.

166 — Coupe en Satzuma, décor à personnages, monture en bronze doré.

167 — Deux lampes en porcelaine de Chine, décor vert et or.

168 — Grand vase en faience fond rouge, décoré de guerriers japonais.

169 — Bouddah ancien en bois du Japon, assis dans un temple.

170 — Koro ancien en fonte gravée du Japon.

171 — Vase en ancienne faience japonaise, décor feuilles et branchages.

172 — Grande vasque en cuivre du Japon.

173 — Grande potiche en faience du Japon, décor personnages et ornements, sur socle.

174 — Porte-parapluies en bambou à fond de glace, contenant deux tubes en terre rouge, décor au dragon.

175 — Deux potiches en porcelaine de Chine, fond rouge haricot.

176 — Deux grands et beaux vases en bronze du Japon, patine brune à fleurs et oiseaux en relief, anses formées par des têtes d'éléphants.

177 — Brûle-parfums en faïence, décor à personnages.

178 — Paravent à quatre feuilles en broderie de soie et or représentant des oiseaux et des fleurs.

179 — Deux jardinières en porcelaine de Bishu décorées de lampions.

180 — *Le Charmeur d'oiseaux*, figurine de japonais en bois sculpté.

181 — Deux grands vases de Kioto, fond gris, décors guerriers.

182 — Divinité en ancien bronze du Japon.

183 — Deux vases en porcelaine de Tournai.

184 — Deux candélabres en porphyre et bronze doré Louis XVI.

185 — Assiette en porcelaine de Vienne, décor sujet mythologique.

186 — Cabaret en cristal de Bohême.

187 — Pendule en bronze doré.

188 — Chiffonnier en marqueterie orné de bronzes dorés.

189 — Brosse de table en métal argenté.

190 — Jardinière en porcelaine de Chine.

191 — Ecuelle et son plateau en porcelaine de Jacob Petit, fond rouge, médaillons à fleurs.

192 — Petit flacon en vieux Chine, décoré de nombreux personnages à rehauts d'or.

193 à 222 — Environ deux cent quatre-vingts plats, assiettes, saladiers, coupes, etc., etc,, en faïences et porcelaines diversess (seront divisés).

223 — Ecuelle en terre.

224 — Deux brocs représentant des personnages.

225-231 — Vingt-cinq cruches en terre et faïence (seront divisées).

232 — Deux grands vases sur plateaux en porcelaine de Sèvres.

233 — Pendule Louis XVI, de forme monumentale en bronze ciselé et doré au mat, surmontée d'une statuette.

234 — Deux candélabres en bronze ciselé et doré à six branches, style Empire

235 — Milieu de table formant porte-fleurs et girandole en bronze ciselé et doré.

236 — Deux statuettes : *déesses des Champs*, socle à amours et papillons.

237 — Porte-fleurs en bronze orné d'amours.

238 — Girandole Louis XVI en bronze ciselé et doré.

239 — Coupe à fruits analogue.

240 — Deux porte-fleurs analogues.

241 — Coupe en bronze de BARBEDIENNE.

242 — Pendule de voyage.

243 — Garniture de cheminée composée d'une pendule en cuivre et de deux flambeaux, style Renaissance.

244 — Cave à liqueurs.

245 — Glace, cadre en bois noir.

246 — Table en bois sculpté, avec trois rallonges.

247 — Petite table à ouvrage, style Louis XV.

248 — Coffre-fort.

249 — Deux chaises couvertes en velours.

250 — Fauteuil couvert de reps.

251 — Paire de chenêts en bronze ciselé et doré, à amours dans les rocailles.

252 — Paire de chenêts Louis XIV.

253 — Deux chenêts en bronze, style Louis XIII.

254 — Importante garniture de cheminée, pendule et candélabres, formée de vases en faïrnce,

décor à cartels de personnages fond gros bleu, avec riches montures à cariatides et ornements en bronze doré.

255 — Deux vases en grès du Japon avec personnages en relief.

256 — Deux lampes en bronze décor en bas-relief, système CARCEL

MINIATURES, BIJOUX

257 — Grande miniature sur ivoire : *portrait de la reine Marie-Antoinette assise en toilette de Cour*. Cadre à fronton en bois sculpté et doré sur fond de peluche grenat.

258 — Miniature sur ivoire : *la Déclaration*, cadre en bronze doré.

259 — Miniature sur ivoire : *la répétition de musique*.

260 — Miniature ovale sur ivoire : *portrait de Mme de Pompadour*, cadre en bronze doré à fronton.

261 — Miniature : *jeune fille en costume de Diane tenant une fleur*, cadre en bronze doré.

262 — Bonbonnière ornée d'une miniature : *portrait de femme.*

263 — Miniature sur ivoire : *la Duchesse de Bourgogne.*

264 — Miniature sur ivoire : *portrait de Carlotta Grisi.*

265 — Miniature sur ivoire : *portrait de femme en costume Louis XVI.*

266 — Miniature sur ivoire : *portrait de l'Impératrice Marie-Louise.*

267 — Miniature sur ivoire : *portrait de femme.*

268 — Bonbonnière ornée d'une miniature.

269 — Bonbonnière ornée d'une miniature : *portrait de femme.*

270 — Cachet semaine orné d'intailles gravés, à attributs et inscriptions.

271 — Amulette en bronze ancien avec inscriptions hébraïques.

272 — Pelle à poisson en argent, manche agate.

273 — Montre en or émaillé, ornée de jargons, époque Ier Empire.

274 — Paire de pendants d'oreilles en or, ornés de médailles en bronze.

275 — Paire de boutons d'oreilles, formés de deux brillants.

276 — Vache en argent.

277 — Paire de boutons d'oreilles, pavés de dix-huit brillants.

278 — Broche en brillants roses et perle fine.

279 — Bracelet porte-bonheur, en or, enrichi de saphirs et de roses.

280 — Bague en or, ornée de cinq rubis et de diamants.

281 — Bague en or enrichie d'un saphir cabochon et de deux brillants.

282 — Bague en or ornée d'un rubis entouré de diamants.

283 — Bague jumelle en or, enrichie de deux perles fines et de diamants.

284 — Bague marquise, ornée d'une grisaille Louis XVI.

285 — Objets omis.

www.ingramcontent.com/pod-product-compliance
Ingram Content Group UK Ltd.
Pitfield, Milton Keynes, MK11 3LW, UK
UKHW021951260726
13994UKWH00004B/1670